ある少年の詩《うた》

さわ きょうこ

文芸社

目　次

ある少年の詩　（一）

ある少年の詩　（一）

暑さ真っ盛り（誕生）

大正六年八月八日　午後二時
立秋とはいえ　暑さ真っ盛り
少年は　生まれた

賑やかに　鳴くのは　あぶらぜみ

母に抱かれ　少年は
こぼれる笑顔に　つつまれている

真昼の太陽　照り映える
輝く世界へ　いざなうように

ある少年の詩　（一）

遠くに　カナカナ　ひぐらしが鳴く
母に抱かれ　少年は
静かに　すやすや　眠っている
沈む夕日　真っ赤に燃える
くれないの世界へ　いざなうように

母は　そっと泣いていた

母は　そっと泣いていた
誰もいない　部屋の片隅で
みんな眠った　暗闇の中で

母は　そっと泣いていた
二十歳で　逝った子をしのび
肩をふるわせ　泣いていた

僕の知らない　兄さんの
名前を　ひそかに　呼びながら
肩をふるわせ　泣いていた

ある少年の詩　（一）

誰もいない　部屋の片隅で
みんな眠った　暗闇の中で
月が　ふるえる肩を照らしていた

僕は
黙って　肩を眺めていた
どうしていいか　わからなくて
黙って　ふるえる肩を眺めていた

クシャクシャの笑顔

父の会社が　倒産し
いつの間にか
蔵の中が　空っぽになり
ある日
赤い紙が　家じゅうに貼られ
母は　そっと泣いていた

小さな姉さんが　亡くなり
おじいちゃんが　亡くなり
母は　そっと泣いていた
肩を　ふるわせ　泣いていた

僕には
どうすることも　できない

いい成績を　とった時
「よかったねぇ」母が　笑ってくれた
顔を　クシャクシャにして

その笑顔が　見たくって
母が　そっと　泣かないように
本を読み　勉強をした
夕日を　いっぱい浴びながら

十五歳　父が亡くなった

負けるものか

財産なくした　家の子だけれど
何を言われても　負けるものか
独り立ち　するために
母に「泣かなくていいよ」
と　言えるように

何でも一生懸命やると
好きになれる
人が気にかからなくなる
苦しいことも多いけれど
うれしいことも多くなる

ある少年の詩　(一)

苦しいのも　嬉しいのも自分
一番嬉しいのは
母が喜んでくれるとき
一番好きなもの
母の笑顔
あの　クシャクシャの笑顔

海

海と山　どちらに　住みたい？
と　聞かれたら
即座に　答える「海」と

泳ぎ大好き　小学生
毎日　友と泳ぐのは
檜に囲まれた　水溜りのような
小さな池

泳ぎ大好き　中学生
手ぬぐい一枚　腰にひっかけて

友と　海まで　てくてく　歩いて
泳いで帰る

広い青い海は　優しく包んでくれる
広い青い海は　囁いてくれる
みんな同じだよ
海の広さ　深さに　比べれば
人間なんてちっぽけなんだ
小さなことに　くよくよするな

沖を泳ぐ人
海の中では　砂粒よりもまだ小さい

落ちて　受かって

中学卒業
数学が　大好きで
進学したい
だけど　金がない

金がかからず　勉強できるところ
海が好き　海軍を受けた
なのに
身体条件で　落ちて

世の中　真っ暗

にっちも　さっちもいかないという
とき

母の兄が　声をかけてくれた
私の学校　受けてみるか
言われて　受験
数学満点だ！

受かった
卒業まで　金はかかるけれど
独り立ち　できる

哀しみ

感謝している　とても
だけど　みじめで　哀しいものだ

親戚に　学資や生活費　もらうのは
月末に「取りに　いらっしゃい」
と声が　かかる
いけば　何故か大切にされ
やさしい言葉が　降り注ぐ
だけど　みじめで　哀しいものだ

面倒みてくれるのは　母の兄

だけど　みじめで　哀しいものだ

ふと　恨んでしまう
母を泣かせ　財産つぶした　父親を
そんな自分が　やりきれない

電車賃節約で　歩いて帰る
なのに　散髪屋で　チップをはずみ
なのに　喫茶店で　灰皿を　帽子で隠してしまう

みじめな　哀しみに　覆われて

夕日

（昭和十五年六月　拓務省満州建設勤労隊　隊医として満州へ）

はるかな地平線　見渡す限りの大地
大地に沈む　真っ赤な夕日
それは
すべてを　溶け込ませ
不思議な世界　をつくる
ひろい　静かな　くれないの世界を

何だか　心が　渦巻いて震え
何だか　からだが　揺さぶられる
込みあがる　懐かしさ

小さな自分　その持つ悲しみや喜び
みんなひっくるめて
惜しげもなく包んでくれる　おおらかさ

ここ　雄大な中国の大地に
数千年前から　繰り広げられた
壮大・壮絶な歴史
すべてを
溶け込ませた　くれないの世界

雄大な大地　真っ赤な夕日
湧き起こる　畏敬の念

数年後
銃を持って　ここに立とうとは

素敵な女性

素敵な　女性がいた
「お茶飲みに　いきませんか」
休み時間　声をかけた
思い切って　勇気振り絞って
びっくりしたように
振り返り見つめてきた瞳を
どぎまぎ　しながら
見つめていた

夕方　喫茶店
待っていてくれた　彼女

うれしかった
周りが見えなくなるくらい

束の間の　幸せ

（昭和十七年六月　愛媛県温泉郡東中島村小浜）

財産つぶれた　一家には自由がない
戸籍に載っている妻の名　知らない名
いつの間に？

母は　泣きながら
汽車を乗り継いで　乗り継いで
彼女の母に会いに行った

母は　彼女の母に惚れ
あの　クシャクシャの笑顔

富士山　二人で眺めながら　旅立った
瀬戸内海の　小さな島へ
これからの未来に　幸せを
願いながら

一年後　父と母になり
もらった魚さばくのに
四苦八苦の　彼女を笑い
子供が熱をだしたと　大騒ぎ

しかし　幸せは　束の間

戦争はそこまで　来ていた

故郷から　来た便り
赤紙（召集令状）が来た　すぐ帰れ

輸送船（出征の日）

（昭和十九年二月二十一日　三重県津　応召）

涙は　眼の奥
大きく開いたその眼の奥に
いっぱいためて
「二人のことは　まかせなさい
帰ってくる日まで」

同じ眼で　じっと見つめる妻
一つにも満たない　わが子
その胸の中で　眠っている
日の丸の旗を　握らされて

妹のような　姪たちは
「必ず帰ってね」
「買ってもらった本　しっかり読むよ」
賑やかに　ついてきてくれる

丸山橋
「さようなら」
涙を流して　送ってくれた

津から　乗った輸送船
別れ　「さらば　日本」

わが子が握っていた旗が
母が　妻が振っていた旗が
心から離れない

戦場

少年は　戦場にいる

人を一人殺せば　罪になる
戦争って　たくさん殺せば　英雄だ
だけど　心に重いものが残る
とっても重い　晴れない心

言いようのない　怖さと不安
会いたくても　会えない人々
母に　子に　妻に　友に
会えないつらさ　哀しみを秘める胸

朝　話をした友
夕には冷たく　もの言わず

夕陽が　落ちる
命をなくした友の　荼毘の火に
戦友の辛さ隠した姿を　慈しむように

その後ろで　傷ついた友の腕を切り落とす
脚が飛んでしまった友の手当てをする

感情は　冷え切って　いく
どうしようもない世界
すさまじい世界に
今いる

幕舎の中で

幕舎の中で
ふるさと自慢　家族自慢
友と故郷を語る時
なごやかな　心が　戻っている
ひと時の安息　うるむ顔

今日は　もういない
夕べ　語り笑った友が
黙って　倒れてそのまま逝った
どうしようもない　どうしようも

暗闇の中で　母に詫びる
笑い顔の毎日をプレゼントできない
ふがいない自分を

暗闇で　こっそり肩を震わせている母
少年の名を　呼びながら
そんな姿が　眼に浮かぶ

それでも　地球はまわっている

それでも　地球はまわっている
愚かしい人々の　愚かしい行為　戦争
そんなこと　知らぬげに

朝日は　昇る
まわりを白く輝かせて
夕日は　沈む
まわりを　真っ赤に染めて

晴れる日　雨の日　雪の日と

休みなく　地球はまわっている
踏みつぶされても　血が流れても
焼き尽くされても
季節がくれば
緑が顔を出し　花が咲き　麦は実る
人々のうごめき　叫び　知らぬ気に
何事も　無いかのように
休みなく　地球はまわっている

終わったのだ

終わったのだ
続く進軍　戦場の惨劇
終わったのだ

吹きつける熱風　容赦のない土煙り
叩きつける雨　泥濘の道
荒れ狂う吹雪　凍てつく大地
「がまんしろなあ」　ひびく声
馬に語るのか　人に語るのか
続く進軍　戦場の惨劇

終わったのだ

傷ついた友を　命を亡くした友を
黙々と運ぶ戦友
夕日の中　荼毘に付される戦友
血をはいて苦しむ戦友
腹がズタズタになった戦友
腕を　脚を　切り取られる戦友
膿が滲み　ウジが動く　包帯の上

終わったのだ

今までの
この瞬間までの
あの　すさまじい光景は
何だったのだ

惨劇　人々の不幸
すべて　夢
歴史に埋もれていくのみ

捕虜生活

重い　鉛の服よりもっと重い心と
ほっとした心と

捕虜生活も　戦場に比せば　いい暮らし
銃は　鍬になり
走り回った　大地を耕す幸せ
麦が芽を出し　大きく育ってくる喜び
正月に　独楽を回す子どもたちを　眺める喜び
いつ死ぬかの不安がとれた喜び
家族に会える日が　近づいている幸せ
幸せだ！　大声で　叫びたい　心と

この大地で土に帰った人々への
重く哀しくやるせない　心

これから

（昭和二十一年五月三日　和歌山県田辺港上陸　当日帰省）

二年三か月ぶりのふるさと
海は　山は　変わりなく
ひげが顔か　顔がひげか
夕日に背なかを　押され　玄関に立つ
声も出ず　びっくり顔の懐かしい人々
足が　からだが　震える
「このひと　だあれ　こわいよー」
我が息子

「ひげ　剃って　いやらしい」
妻の　泣き顔

病床の母の涙　思いっきり涙
帰ってきた　生きている
みんないる

これから　いかに生きるのか
ただ　考えた
夕陽の差し込む廊下に座り考えた
一日中　考えた

そして
母の姉一家の援助で
診療所開設

母の実家の蔵を改造して
髭は剃った

三人の　生活がはじまり
家族が増えた
小さな娘が生まれた
しかし　母が逝った
小さな最後の孫を　抱いて
「生きていて　よかった」
クシャクシャの笑顔

感謝

酒を
妻を
子どもたちを　こよなく愛し

節目　節目
差し伸べられた手に
生きて　帰れたことに
感謝し　働いた

夜中　何度起こされても
戦場に比べれば

苦ではない
四年後
蔵生活に　終止符を打った

がむしゃらに働き
朝夕　読経
今は亡き　すべての人に　感謝して

それは　続いた
少年が　その母の胸に再び帰る日まで

子供たち

すべての　子供たち
それは生きる　希望の光

子供たちの　ために　生きる
子供たちが　元気に　楽しく
学び　遊ぶ
その姿に　幸せを感じ　生きる

子供たちよ
戦後の　希望
何ものにも　負けず

自分の道を　探して歩け
凜々しく　胸を張って
子供たちよ　君たちは
何もかも　無くした国の
宝物

昔々のある少年へ　（一）

男の子は　泣くな

小さい頃　休みになると
おじいちゃん家《ち》に　預けられた

母が帰るとき
一緒に帰ると泣いて泣いて泣きまくって
男の子は　そんなに泣くな　と叱られた
めちゃくちゃ　叱られた

叱られながら　眠れず　淋しくて　泣いていた
おばあちゃんが　本を読んでくれた　一晩中
おばあちゃん　意外にやさしい　いつもは厳しいけれど

おばあちゃんも　ひとつも　寝なかった
お姉ちゃんは　ぐうぐう　寝ている

ラジオ体操

ぼくのおじいちゃん
田舎じゃ　有名人らしい

夏休みの　ラジオ体操
起こされて　おじいちゃんについて行く
みんな　じろじろ　僕を見る
おじいちゃんに頭下げ　僕をじろっじろっ

おじいちゃんの背中に隠れて　体操した
次の日からは
おじいちゃん家の　庭で体操した

お姉ちゃんは　寝ている
前に　行ったから　もう行かないって
寝ている
おじいちゃんは　怒らない
おじいちゃんは　お姉ちゃんには　やさしい
僕は　おじいちゃんが　ちょっぴり怖い

おじいちゃんと凧

冬休みの　おじいちゃん家
首までごっぽり
炬燵の中が　気持ちいい
おじいちゃんが　顔を出す
仕事時間が　あいたよう

「凧　あげに行くぞ」
「ウーン　さむいなぁ」
厭ともいえず

耳当てして　手袋はめて　オーバー着て
僕は重装備
おじいちゃんは　セーターの上に　ちゃんちゃんこ着ただけ

そして　そして　僕の凧は宙返りがうまく　地べたが大好き
おじいちゃんの凧は　すっきり高く空になびく

昨日　考えて考えて　アシつけたのに
きょうも　クルクル　ストンと落ちる

走って　走って　暖かくなり　耳当て邪魔になったとき
凧は　気持ち良さそうに　空を泳ぐ
長い脚が　嬉しそうに揺れている

寒さ忘れて　夢中になった

翌年の冬　最初の凧上げは
やっぱり
いやいやながらに始まった

父へ　娘のひとりごと　（二）

独楽

こまが大好きだったひと

小学生の頃
こまを　回して見せてくれた
そういえば　父も小さい時あったんだな
父の遊びを見直した
だって　今は
テレビのチャンネルさえ　回さない人
母に言わせれば「本当に　不器用な人」

こまの　回し方　父から教わった

とってもうまかった　回し方も　教え方も
私は　というと　不器用で
こまは　私の手のひらの上では
とうとう　回ってくれなかった

孫に買ったおみやげのこま
姫路の　姫路独楽
孫は　まったく　興味示さず
かなり　寂しかったろうな

この姫路独楽
今も
私の手元で　眠っている

かみなり

かみなり
息子には　よく落ちて
娘には　落ちなかった

母にも　よく落ちた
でも
大きいと　母はスト
食事の用意だけして　部屋に閉じこもる
二、三日後
母の着物が　一枚ふえて　ストはおしまい

本当は　みんなを大好きだった父
みんなに甘えた　照れ屋さん
わかってはいるけれど
かみなりは　大きらい

夏　大きな雷が　よくなった
父の　かみなりよりも　こわい雷
そんな日に限って　いない

麻の蚊帳を吊って　中に入り
こんな時にいないなんて　父親かー
なんて密かに　怒っていた

いつもは
父ちゃん元気で留守がいいなんて　思ってるのに

優しくて　少し怖くて
大きくて　頼りになる人
でも　時々寂しそう
それが　父

あしたから

主要五科目「5」とったら　一科目につき二百円

中学に　入学したときの　父のことば
私「どうすれば　とれる?」
父「教科書　三回読め」
心ひそかに　三回ね　私バカだから　五回読むか
なんて　簡単に考えた

大変なことだった
一回目　地獄の責苦　二回目　時々楽
三回目　何か身についていない

四回・五回目　どこかどこか　つっかえる
六回・七回目　一か所ぐらい抜けるかな
いくらやっても　やった気がしない
夜が明ける

試験本番　結構いいじゃん
試験が終わったら　真面目に毎日勉強しよう
なんて反省したが

終わった途端　リラックス
英・国・数・理・社会　みんなどこかへ飛んで行き
あしたから　あしたから

気がつけば　試験三日前

教育パパ

小学生の頃
兄は　毎朝算数やらされていた
こつんこつん　頭つつかれながら
授業より　うんと先を
できるまで　学校へいけなかった兄
なんだか　かわいそうだったが
黙っていた
ものすごい教育パパ

朝勉　娘にはなかった

放物線から　数学わからなくなった私
高一　数学わからなくて　英語嫌で　登校拒否
父が　教えてくれた
わかるまで　根気よく
父「きのう　教えたぞ」
私「うそ　？？？」

でも
一か月で　登校拒否なくなり
結構　楽しい高校生活を送った

でも　数学アレルギーは　続いている
統計　確立　順列　組み合わせ
身の毛がよだつ

酒

大の日本酒党
家で　飲むのが大好き
嬉しい日　楽しい日　悲しい日も
母に
「もう一本たのむ」

飲み会のお流れも我が家
ドカドカ　大勢お客さん
子供　次の間に隠れるが

酒が　十分に達するころ
言うぞ　言うぞ
「こどもら　呼んで来い」
そら言った！
「今晩は」（お客さんに）
「なーに」（わかっているのに父に）
「好きなマンガ　買ってこい」
「お店しまっているよ」
「電話して　開けてもらえ」

むちゃくちゃを　実行
暗い中　四人で本屋に走る
一人二冊　計八冊

八冊の懸賞　せっせと書いて出していたのは父
弁当箱　リュックなんて当たったことも

これが　我が教育パパのやることだから
子供も高がしれたもの

線香花火

夏になると
花火大会　オンパレードの昨今
こんなにすごい　打ち上げ花火
見ることもなく　逝っちゃったね

蚊取り線香と線香花火の煙とにおい
立ち込めていた　夏の夜

父の　花火の思い出は何だったのだろうな

大きな父の手に握られた
かわいい　線香花火
大きな手に　負けずに　閃光を飛ばす

小さな丸い　火の玉から　飛ぶ飛ぶ
大きい松葉　小さい松葉
柳が　流れる　大きく　小さく
そして　消える

ある少年の詩　（二）

花火

「花火するぞ！」
時々　面倒くさそうに参加する子もいたが
お構いなし
夏の夜の　楽しみ
夏の夜の　小さな幸せ　かみしめたくて

線香花火の　閃光の向こう
母が笑っている　思わず返す笑い顔
ふと帰る　幼い日に
閃光のこちら　子供の笑顔

大きな花火　空に散る
一緒に眺めた母の顔　空に映る
ふと帰る　幼い日に
空を見上げる　子供の叫び

幼いころの
懐かしい　楽しい思い出
毎夜　花火の楽しめる幸せ

幸せを　ありがとう
母に　戦友に　語りかけながら

最愛の友

そう　大きくなった少年は
酒を　こよなく愛していた
最愛の友　酒

友を家に呼び　酒を飲む
最高の幸せ
友と二人
一晩で　一升瓶十一本あけたことも

心地よく酔っても　出てくる歌は
「ああああ　堂々の輸送船　さらば祖国よ
妻や子が
ちぎれるほどに　ふった旗　遠い雲間にまた浮かぶ」
「ここはお国を　何百里
離れて遠き　満州の
赤い夕陽に　照らされて
友は野末の　石の下……」
これの　繰り返し

戦争って　何

娘が　生意気に聞いてきた
「戦争って何　どうして戦争の話　しないの
どうして　戦地に　黙って行ったの」

どうすることもできなかった
どうしようもなかった
何だか　いいわけみたいだが
本当に
どうすることも　できなかった
世の中の　流れのままに　行動していた

本当に戦争って　何だろうな
あの　すさまじい戦場を　語ることは　できない
文字や　写真は残るだろう
言葉に表せば　真実が少しずつ歪む
写真は　断面でしかない
その時の　その場の持つ
異様性を　生で感じることはできない

体験者のみがもつ
その場の　すさまじい光景と　押し殺された感情
凍りついたままの　こころ
戦場を　戦争を　私は語れない
語れば　主観が入り　真実が歪む
経験は　大切だ

けれど　しなくていい経験がある
それは　戦争
戦争は　不可抗力で　起きるものではない
人の持つ　最も愚かな部分かも知れない

黄河に（訪中）

昭和五十九年
生き残り　戦後を生き抜いてきた戦友
みんなの抱く願いは一つ
かの地を訪れたい

かの地に散った　多くの人々に
なにもできず今まで来たことを　詫び
その人々の
永遠の安らかな眠りを祈るため

雄大な中国の大地は　そのまま

何もなかったかのように　横たわっていた

名もないけれど　夢と希望をもった多くの人が
血を流し苦しんだ　戦争も
多くの人々を犠牲にして
繰り広げられた　愚かしい行為も
一つの歴史になって
雄大な大地に埋もれていくのだろう

多くの人々の犠牲のうえに
築かれた幸せな世界と安定に
感謝し　涙と祈りと共に
少年は　三十八年間心に持ってきた荷物を
重い重い荷物を
雄大な黄河に　沈めた

帰国後
戦争の記憶を　燃やした
一冊の小冊子「あをぎり」を　残して
もういいかなぁ　あの戦争から解放されても
やがて　私も逝く身だから

さようなら　母の胸に帰ります

さようなら　母の胸に帰ります

さようなら　母の胸に帰ります
あたたかな　母の胸に帰ります

最愛の友　酒
愛した　妻
愛した　子供たち

進めないことも　立ち止まる時も　あったけれど
明るい夢を求めて　歩き続けた
時には　がむしゃらに

ある朝　朝顔のつるの　向こう
友人が　尊敬していた伯父が
「久し振り」と　手を振った

その後ろ　立っているのは母
思わず笑った私は　子供
「あっ　おじいちゃん笑った」
かわいい孫の声

母の手の中で　小さな小さな子になって
母の胸に　抱かれています
朝日をうけて

「おじいちゃん　おじいちゃん
すごい　いい笑顔
また笑って！　笑ってよ！」

孫の声

さようなら
おじいちゃんは
母の胸に帰ります
母に抱かれ　眠ります

昔々のある少年へ　（二）

おじいちゃんの死

僕が　大学受かったとき
一番喜んでくれたのじゃないかなぁ

なのに　僕は　おじいちゃん家に
行かなかった
単に　面倒だから

お姉ちゃんだけ　行った
「代わりに　お祝いしてもらったよ
なんや　弟は　忙しくて来れんのかって
寂しそうだったよ」

と　お姉ちゃん

僕は　そのまま大学生になり
今度の休みは
おじいちゃんに　会いに行こうと思っていたのに
おじいちゃんは　あっけなく死んだ……

海と花火

花火も　海も怖かった
おじいちゃんは　弱虫　僕に　あきれ顔
ちょっと怒ったりもした

夏休み早く終わって　おかぁのところに帰りたかった

少しずつ　僕も大きくなった
少しずつ　変わってきた

海も　花火も　大好きになり

小さい頃の夏休みが懐かしい
そしてね　おじいちゃん
僕は　おじいちゃんと　同じ道に進んでいる
おじいちゃん　目指して

夏の海
花火大会
彼女と　楽しみ
そして　今は　子供も一緒

そうそう　おじいちゃんが
子供から　「とうちゃん」
と　呼ばれていた
僕も　子供に　「とうちゃん」
と　呼ばれている

父へ　娘のひとりごと　（二）

わしが死んだらな

死ぬという言葉を　使うと
生意気な言葉を　使うな
大切な言葉なんだ　と怒ったくせに

元旦の第一声は
「わしが　死んだらな」
また始まった
そのあとのことば
一つも聞いていなかった　みんな

なくなった年

元旦に
「わしが　死んだらな」
の言葉は　なかった

父に
「仕事止めようかな」
と　相談されたとき
「どうして？
何か　したいことあるの
何もないのに　やめてどうするの」
なんて　言ってしまった
弱音を言う父が　哀しくて

疲れて　休みたかったのかな
思えば　昼も夜も　がむしゃらに　働いていたものね

「やめて　楽するか」
　と　何故言わなかったのか

死ぬ前の晩も
専門雑誌を読んでいたそう
赤線ひかれた　雑誌が　机の上にあった

廊下

父が通ると　狭い廊下
頭　天井に届きそうだったのに
腕　壁にすれていたのに

父が　廊下歩いている
あれ　廊下　広げた？
父が　小さくなったのだ

小さくなった父に
切ない気持が湧いた年
父は　逝きました

彼の母の　胸の中へ

手紙

母の神経痛がひどくて　字が書けないとき
父から手紙が来た

文章ちぐはぐ　書きっぱなしの手紙
読み返しもなく　封をした感じ
これ照れ

書いたもの見かえすの
照れくさいって感じ

子供たち　心も体も　元気か
心配の気持ち　いっぱい

しっかりやれよと　エール
恥ずかしそうに　エールをくれる
手紙でも　照れてる……
母の神経痛は　心配だが

嬉しかった　父からの手紙

夕日と読経

母の初めての里帰り
東武東上線　窓の向こう

大きな夕日が地平線に沈む
「すごいだろう　地平線に沈む夕日」
子供たちへ　語るように　呟いた父
？？？　…………
海に沈むのも　山に沈むのも
きれいで　すごいよ　…………

欠かさずに　朝夕していた　読経
母への　供養！　少々女々しいと思ったり
時に「お腹すいた　まだ終わらないの」

今になって　知った
地平線の夕日を
じっと　見つめる目には
彼が愛した雄大な中国大陸と
そこで　散った人々の哀しみが
映っていたことを

読経には
深い哀しみが　あったことを

誰にも語らなかった　戦争体験
仲間が綴った　訪中記
訪中後焼いた　戦争の記憶
焼かずに　残した小冊子「あをぎり」

今になって　知った
父が背負って　捨て去ることができなかった
戦争を

さようなら

少年は　生き切った
全速力で走ったとき
牛歩のようなとき
全く　立ち止まってしまった時
駆け足　並み足

一瞬一瞬　生き切った
父を　母を　友を　戦友を　思い
子供たちを　いつくしみ
一瞬一瞬　生き切った

「さようなら
もういいだろう
母に抱かれ　眠っても」

さようなら
ありがとう
母に抱かれ　やすらかに眠れ
母に抱かれ　やすらかに眠れ

さようなら

附　過去・現在・未来

願いは　ひとつ

七千年の昔から　雨風　嵐に耐えながら
元気に　息づく縄文杉

世界遺産に　選ばれて　メディアの注目　やってきた
嵐や吹雪は　友達だけれど
メディアも　友達になれるかな

メディアよ
七千年の自然の　暮らし　乱さないでおくれ
みんな捨てて　屋久島に溶け込んでおくれ

縄文杉の　願いはひとつ
足元　暮らし　乱さないでおくれ
みんなみんな　調和して
七千年を生きてきた
これからも　地球が生きている限り
楽しく生きていけるように
メディアよ　足元　暮らし　乱さないでおくれ

地球に生きる　人々よ
そっと眺めて　おくれ　友達なんだから
そっと　話しかけておくれ
私の足を　すくわないでおくれ

ちいさな　ちいさな　杉の子が　あちらこちらに顔を出す
僕たち大きくなるのには　とっても時間が　かかるから
しっかり大きくなれるように　何千年も生きられるように

足元　暮らし　乱さないでおくれ
縄文杉の　願いはひとつ
足元　暮らし　乱さないでおくれ

ウミガメ　（伊良湖にて）

白い砂　まっ白な砂
そっと生まれた　ウミガメの子
月に　照らされ
海へ向かう
母ガメ　探しに
生きる場所求めて
一所懸命　海へ向かう

白い砂は　励ましてくれる
波は遠くから　応援歌
月も星も　輝いてくれる

でも　でも　力尽き
倒れて　動かなくなる　ウミガメの子
母ガメ　呼びつつ　砂に埋もれ
子ガメは　ひとりで朽ち果てる
さようなら

月は　黙って　砂照らす
波は　白砂濡らしてく

訃報

電車は　分刻みに　走っている
前へ　前へ　走っている
立ち止まりもせず　振り返りもせず
乗る人　降りる人　いっぱいいるのに

ふと眼を落した　新聞の片隅
訃報のお知らせ欄に
むかし　肩を並べ　学んだ友の名が
載っている

電車は　分刻みに　走っている

前へ　前へ　走っている
立ち止まりもせず　振り返りもせず
乗る人　降りる人　いっぱいいるのに

彼はもういない
二度と会えない人に　なった

初冬の日　彼は逝った

過去・現在・未来

昨日って　本当に　あったこと？
私の子供のころ　学生時代　本当にあったこと？
私が頭で　考えたこと？
私が夢で　見たこと

ある日　母に聞いた
「自分の子供のこととか　連続的に覚えてる？」
母
「ところどころ　連続的には覚えてないねぇ」
私
「ふーん」

（心の中「案外冷たいなぁ」）

でも　不思議
私も　母と同じ
一番かわいいはずの子供のこと　連続してないもの
大きくなった子たちは
小さかった頃と　連続してない
あの小さな　子は　いない！
あの　甘えん坊は　いない！
いつの間にか　目の前から　いなくなった　小さな子たち

毎日って　不連続
不連続の瞬間・瞬間　それが生きること？
今　目の前の瞬間だけが　生きていること

未来は　わからない

過去は　夢と同じ
不思議な気分
「過去　現在　未来」何だろう
「私って」何だろう
結論は　未

著者プロフィール
さわ　きょうこ

1947年、福井県生まれ
県立若狭高等学校卒業後、石川県金沢市在住
勤務医

著書『大きなあたたかな手』（2006年、新風舎）
　　『ふうわり　ふわり　ぼたんゆき』（2007年、新風舎）
　　『白い葉うらが　そよぐとき』（2008年９月、文芸社）

『大きなあたたかな手』『ふうわり　ふわり　ぼたんゆき』は、ともに2008年11月文芸社より加筆・修正を加え刊行されました。

ある少年の詩《うた》

2009年12月15日　初版第１刷発行

著　者　さわ きょうこ
発行者　瓜谷 綱延
発行所　株式会社文芸社
〒160-0022　東京都新宿区新宿１－10－１
電話　03-5369-3060（編集）
03-5369-2299（販売）

印刷所　株式会社フクイン

ISBN978-4-286-08133-5